书，当然要每日读。

书 · 美好生活
Book & Life

# 生活良方

## 让日子变美的32个提案

## 暮らしをつむぐ
## より子式・日々の重ねかた

さかい・よりこ
［日］坂井顺子－著
周志燕－译

北京时代华文书局

# 前 言：我的生活良方

我每天做家务都是在重复相同的事情。

正因为如此，是否享受这个重复的过程，

决定了我能否每天都过得不一样。

如果每天都为做家务付出很多辛苦，

那还是开心点儿为好。

持有这种想法的我，不知不觉间已当了四十年的主妇。

做家务的自由度很高，具体怎么做完全由自己决定。

在我看来，做家务时是否做到以下两点，

至关重要：

让自己和家人都觉得很舒服；

采用能让自己笑着做完的轻松方法。

我们即使起初在做家务时参考了什么做法，

也会结合自身的具体情况慢慢调整，

并最终建立起自己的生活方式。

三十多岁、四十多岁、五十多岁，

我边反复钻研做家务的方法边探寻适合自己的生活方式的过程，充满了趣味。

我现在已步入古稀之年。

自从二〇一六年的秋天，

与女儿一家、儿子一家同住在一起后，

我就一直过着儿孙绕膝的生活。

在这本书中，想为大家介绍我积累数十年的生活提案，以及我平常重视的东西。

如果能给大家建立自己的生活良方带来一点儿帮助，我将感到十分荣幸。

# 目 contents 录

## 第一章 我与家务的每一天



### 专栏

第二章

# 让自己开心地做菜

第三章

## 建立自己的生活模式

## 第四章

## 观念生活



## 第五章

## 新型居住方式

# 第一章

# 我与家务的每一天

# 一日之计在于晨

清晨五点半，是我的起床时间。起床后，马上开始穿衣打扮。我的一天就这样开始了。按照每天固定的流程完成洗脸、洗头发、化妆、换衣服这些工序大约需要十五分钟。从年轻时到现在，我从未染发，但为了方便打理，我一直以卷发的形象示人。因为如果每天早晨都洗头发，就无须注意睡姿，而且卷发造型给我带来很大的方便，洗完头发后无须再梳理。即使不是卷发，每天早晨洗的话，发丝也看起来更直顺。

我对化妆品没有特别的要求，现在正在用的化妆品都是在药妆店买的。四十多岁的时候，有段时间我也曾去美容院做美容、使用高价化妆品，但我发现我的皮肤并未因花钱多而有很大的改变。现在我连防晒霜都不抹，只是粗粗地化个妆。而且，不知不觉间，在穿衣服这件事上，我也开始主张以舒适为主。我想

节省化妆的时间，所以还做了文眉。化妆是每天都要做的事，所以我会优先选择短时间内即能完成的。衣服也是提前决定好式样，所以我从不会在繁忙的早晨为换哪件衣服而烦恼（关于日常服装，我在 80 页有详细介绍）。

整理好个人仪容后，我便开始做家务。晚上用洗衣机洗好衣服后挂在室内晾干，是我家多年以来的习惯。每天将晾干的衣服拿到阳光下晾晒，即意味着我的家务模式开启了。已在室内晾干的衣服放在阳光下晒一个小时，就能干透，所以通常一小时后我便会将它们拿进屋叠好。如果遇到阴天或下雨天，我会先借助干燥机的力量将它们完全烘干，再将它们叠好。无论什么日子，我都是在七点前将所有衣服收入衣橱中。因为有时访客比较多，而白天在屋檐下晒衣服会给人以乱糟糟的感觉，所以我采取上述这种方法晒衣服。叠衣服和熨衣服是我的大爱，烫衣服的过程，也是抚平自己心情的过程。一看到整整齐齐地躺在抽屉中的衣服、毛巾，我就觉得我活得很充实。

将衣服晾到外面后，接下来我要准备早饭。六点前，我人已站在厨房。对我而言，六点到九点这三个小时是最佳工作时间。因为如果我能趁早晨精力充沛时完成大约百分之七十的家务，剩下的时间我便能在心平气和中度过。我通常会在做早饭的同时决定晚上的饭菜，并做好一份晚上吃的煮菜。如果每天早上都用家里现有的材料提前做好一份简单的煮菜（比如煮羊栖菜、煮炸鱼丸和萝卜等），傍晚我就能十分顺利地准备晚饭。煮菜不仅能让我们摄取足够多的蔬菜，而且吃起来很方便——在出锅前稍稍热一下，我们就能享受它的美味。虽然我为了迎合女儿一家的饮食喜好，晚上的菜肴大多是炒菜或油炸类菜，但如果提前做好一份煮菜，到了傍晚我就不会慌慌张张地准备晚饭。做早中晚三顿饭是我每天最重视的事，所以提前做一些工作能让我更安心。

过了六点半，就像上文所提到的那样，我会离开厨房去屋外将衣服收进来并叠好。叠好衣服后，我们从七点开始吃早饭。每周有一半的时间都是我和我的丈夫、孙子、孙女一起吃早饭。将他们送走后，我开始收拾桌子、打扫房间。虽说家务是永远做不完的，只要你想做，就能发现新的家务事，但我通常一到九点就会休息一下，让自己暂停一会儿，细细品味做完早上这些事务的成就感。

# 四种不积存污垢的打扫方法

在和家务、生活有关的事上，我一旦找到适合自己的方法，就会每天反复实践。这种做法好像与我的性情很相符。或许在外人看来，我在五点半起床后要做的事情太多了。事情确实不少，但因为每天都在重复做，身体早已记住这些做事步骤，大多时候即使不用大脑思考也能展开行动，所以我做起来是很轻松的。

我最怕自己攒着事情不做。因为事情积存得越多，之后就会越辛苦，而且我会因积存待办事项而内疚不安。因此，我从不给自己强行制定“每周这里打扫几次”等规定——因为如果完不成，我就会觉得有压力。

因为我容易产生压力，所以在打扫、收拾房间时，我会以“顺便”做什么或将某事项编入“流程”中的方式一点点地完成打扫、收拾工作。我采取的打扫模式主要有四种:“每天必定实践的十分钟扫除法”“顺便扫除法”“归位收拾法”“污垢发现日的扫除法”。无论哪种扫除方法,都不是我从一开始就定下规则的。它们都是我在按照自然开展的做事流程或根据时机做什么的过程中养成的习惯。因为我做什么都是量力而行,所以这些做法一直被我实践着。

首先,我通常在吃完早饭后洗碗、收拾厨房。按照这个流程完成这些家务,即我实施“每天必定实践的十分钟扫除法”的过程。接着,我会打扫家人使用频率最高的客厅和厨房的地板。因为插入、拔出吸尘器的插头是件麻烦事,而且来回拖吸尘器很费力气,所以用扫帚快速从内向外扫,反而让我觉得更轻松。厨房的地板常常有污点,所以我一般用拧干的抹布擦拭。

卫生间、盥洗室、浴池等用水区域,我一般在自己用完后顺便将它们打扫干净(即采用“顺便扫除法”)。如果留到下次做,就必须再次起身收拾,所以即使做起来有点费事，我也坚持自己一用完就收拾。这样一来，两三分钟即能收拾好。而如果拖着不做，就会无限制地往后拖。因此，清晨我一用完卫生间和盥洗室，就会马上将它们打扫干净。

平时收拾东西的工作，我也不会另外找机会做。我家的所有东西都有固定的摆放位置，只要大家养成一用完就放回原处的习惯，东西就不会扔得到处都是。但是，即便养成了这个习惯，早中晚的吃饭时间还是能看到一些东西未放在固定位置。因此，我会在做完所有收拾工作后将它们放回指定的位置（即采用“归位收拾法”）。每次花两三分钟即能将它们物归原处。即使做不到一天归位三次，早晚分别花五分钟归位，也能将它们收拾好。我和女儿一家、儿子一家住在一起，有时孙子、孙女也会随处乱扔自己的东西。每当遇到这种情况，我会把他们的东西统一放在楼梯下方，待他们进屋时，对他们说“把自己的东西拿走吧”。

如果像这样时不时地动手收拾一下，就能让家在一定程度上保持清洁，但有的日子也会突然发现平时

未曾留意的架子积了一层灰或窗户上有一层污垢。我只会在这种时候，在完成每日的打扫工作后再次拿起抹布擦拭（即采用“污垢发现日的扫除法”）。我觉得“污垢不会只存在于看得见的地方，如果此处有污垢，那么其他地方也应该有污垢”，所以这种时候我通常会扩大扫除范围。家务就是在看不见的地方也用心。

每天早上一起来，我就会马上启动咖啡机。咖啡倒好后，先将其中一杯供奉在佛龛前（而非先自饮一杯），也是我每天必做的功课之一。打扫佛龛的工作也在这个时候进行。

## 每天必定实践的十分钟扫除法

完成早餐的收拾工作后，我用扫帚或抹布快速打扫家人经常使用的客厅和厨房的地板。如果每天都打扫一遍，就不会积存污垢。而且，花十分钟就能打扫干净。

扫帚等打扫工具，不需要插电源，伸手一拿就能快速扫地，用起来很轻便，所以我总用扫帚从房间的内部向外扫尘土。

厨房的地板以用抹布擦拭的方式打扫。如果铺上垫子，可以防止地板被飞溅而下的水珠等弄脏，但这样容易积存灰尘，还不容易打扫，所以我没有使用垫子。

## 顺便扫除法

卫生间、盥洗室、浴池等用水区域，我一般在自己用完后顺便打扫。每处地方用不了五分钟就能打扫干净，比起另外找时间打扫，这么做要轻松很多。

水容易溅到盥洗台上，最后用抹布擦去水珠，即能把洗脸盆收拾干净。我也知道它很快就会被再次淋湿，但擦完后闪闪发亮的洗脸盆，能给我带来满足感。

## 归位收拾法

早、中、晚，一天三次，我都是饭后将未摆放在固定位置的东西归位。只需两三分钟，即能将它们放回原处，并换来一个好心情。

在我家，所有东西都有固定的摆放位置，所以每次只需将东西麻利地放回原处。为了方便拿取，在收纳东西时，我总是让自己留出一定空间。

## 污垢发现日的扫除法

我从不制定“星期几打扫什么地方”之类的规定，如果哪天突然发现架子上有灰尘或窗户上有污点，这一天便是打扫这个地方的最佳时机。我会在这一天特意起身收拾。

如果架子上积了一层薄薄的灰尘，那么其他地方肯定也有灰尘，所以我通常会把这一天定为擦灰日。存在于木制家具的沟槽中的污垢，我通常用竹签清除。

将用破旧的蚊帐制作而成的抹布用来擦窗户，省时省力。我通常将抹布拧得干干的（如此一来，就很难留下水迹），所以我能把窗户擦得明亮又干净。

## 松弛有度的一周生活

因为是三家人同住在一个屋檐下，家人的生活节奏我已了然于心，每一周都据此轻松有序地度过，是我现在的生活状态。

我通常在九点之前做完每天早上的家务，九点以后的时间怎么用具体要看当天的情况。差不多每周有三四天都是在中午之前做好各种家务，比如开展“污垢发现日的扫除工作”、制作常备菜或腌菜、做想做的家务等。特别是每周的第一天，大多数时候我都是在忙这忙那。我发现，如果这一天的家务完成得比较好，接下来的日子我就能在愉快中度过。

中午的时候，我会在吃过午饭后悠闲地看一会儿电视，给自己一段放松的时间。一过下午三点，上小学的孙子、孙女就会放学回家。他们回来后，我给他们检查作业、端点心，家里的气氛一下子就变得很活跃。附近的小朋友也经常来我家玩儿，所以这个时间段我家非常热闹。过了下午五点，我便开始准备晚饭，每天晚上六点半是我家的开饭时间。

由于周二、周四我也想在家中迎接从学校归来的孙子、孙女，所以我在制订这两天的行动计划时，一般将“傍晚我能在家”作为前提条件。通常这两天我会在家招待自己的朋友、接受采访或拍摄。我即使出门办事，也不会去太远的地方，下午三点前肯定回家。

和朋友一起购物、开办谈话会或料理教室、拥有一段自己的时间等计划，则通常在周三实施。因为这一天女儿在家，丈夫的晚饭可以拜托给女儿，所以我可以放心地出门。

每周五的上午，我都会去体操教室练体操，参加者均为同龄人。活动身体两小时后一起去吃午餐，是一直以来的惯例。

周六和周日的早晨我会采取比平时稍慢的生活模

式，起床后通常会先和孙子、孙女一起看一会儿电视。但一到六点，我就坐不住了。如果睡到很晚才起床，我会觉得自己损失很大。但是，睡午觉却能给我带来好心情。我想这可能是因为我在午睡之前已经做完该做的事了吧！

因为我是这种性格的人，所以即使是周六周日，我也是从六点开始做家务。不过，周六的早上我可以过得相对轻松一些。因为这一天早上女儿通常会请我们去他们家吃刚烤好的面包——面包是孙子孙女去附近的面包店买回来的。之后，我会和女儿（有时带上孙子、孙女）一起出门购买下一周需要用到的食材和生活用品——我和丈夫从不会特意选择人多拥挤的周六周日出门。年轻人有各种各样的行动计划，所以晚饭有时候我们一起吃，有时候分开吃。我们三家人偶尔也会聚在一起吃晚饭。一个星期七天，既有夫妻两人安静地吃饭的日子，又有很多人聚在一起热闹地吃饭的日子，我能同时品味这两种生活，真的很幸福。

## / 某周的度过方式

**星期一**

一周的第一天，上午做家务，下午为第二天的采访拍摄活动做准备等。

**星期二**

从早上开始接受杂志的采访、拍摄。采访于傍晚时分结束。

**星期三**

如果我要外出，就定在周三。这一天我和朋友一起去了镰仓。已拜托女儿准备晚饭，所以在傍晚之前我都可以不急不忙地做自己的事。

**星期四**

中午之前做家务。下午朋友来我家玩儿。

**星期五**

中午之前在体操教室做体操,之后和伙伴们一起吃午饭,下午两点左右回家。

**星期六**

中午之前和女儿一家一起外出购买食品。下午整理冰箱等。

**星期日**

完成当天的家务后，悠闲地度过剩下的时间。
晚上和女儿一家、儿子一家一起吃晚饭。

# 我们夫妇的经典午餐

我们夫妇两人的午饭通常用家里现有的东西制作。午饭吃什么也是固定不变的，通常烤饭团和冰箱里的一两样剩菜就是我们两人的午餐。饭团用储存在冷冻室的米饭或早上的剩饭制作而成，吃之前我通常会用烤鱼架将饭团烤至焦黄。我家的米饭中混有玄米粉、芝麻粉等各种杂粮粉，所以光吃饭团也能摄取丰富的营养——这种饭团还具有排出身体垃圾的功效。今年我七十岁，丈夫七十七岁，我们很幸运，一直未生过大病。我一直认为，我们能健康地活到现在，要归功于我们每天吃的食物。

饭团烤好后，接下来需要把菜热一下。为了让它们看起来很美味，我通常会把菜漂亮地盛在盘子里，然后再用托盘将饭团和菜送到丈夫的房间里。不知从哪一天起，我们很自然地就分开吃饭了。要是和别人

如图所示，这是某一天我端到丈夫桌子上的午饭。剩菜在味道上我不做任何改变，但我通常会将它们漂亮地盛在盘子里。有时我也会根据冰箱中所剩东西的情况或当天的心情制作别的饭菜，比如乌冬面等面食或炒饭等。我觉得，把量不多且能快速吃完的食物作为午饭是个不错的选择。

说“夫妻两人分开吃午饭”，人家或许会很惊讶，但我们觉得整天都黏在一起，彼此都会觉得累，分开吃饭能让我们保持恰好的距离。

# 晚间家事序曲

吃过晚饭，我就会重新开启做家务的模式：首先，将剩菜剩饭移入容器中，清洗并擦干餐具，擦洗水槽，擦除灶炉周围的污垢；接着，迅速而麻利地将表面上能看到的物品归位；最后，清洗抹布。固体肥皂去污能力强，所以每次我边使劲擦肥皂边洗，心情都会变得越来越舒畅。将洗好的抹布拧干，厨房的家务就算做完了。

之后，我边让洗衣机转动边洗澡。泡完澡，我会顺便打扫浴室，然后穿上睡衣，将洗好的衣服晾在室内。我通常在晚上九点左右结束一天的工作。从九点到睡前的这段时间，持有一种所有家务都已做完的解放感的我，能以十分轻松的状态度过。我通常和朋友煲电话粥（或写文章、看书）来放松心情，然后在晚上十点到十一点之间躺下睡觉。

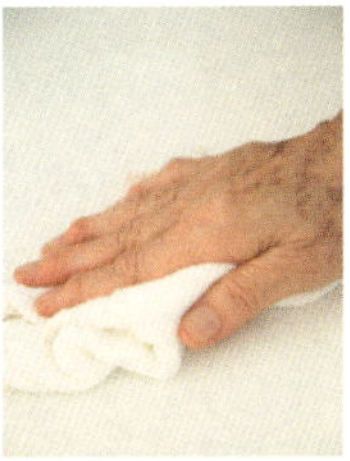

晚上在收拾厨房时，水槽和灶炉的周围我也会擦一擦。在结束一天的工作前将厨房打扫干净，也是为明天做准备。每天都细细擦一遍，就不会积存顽固的污垢。

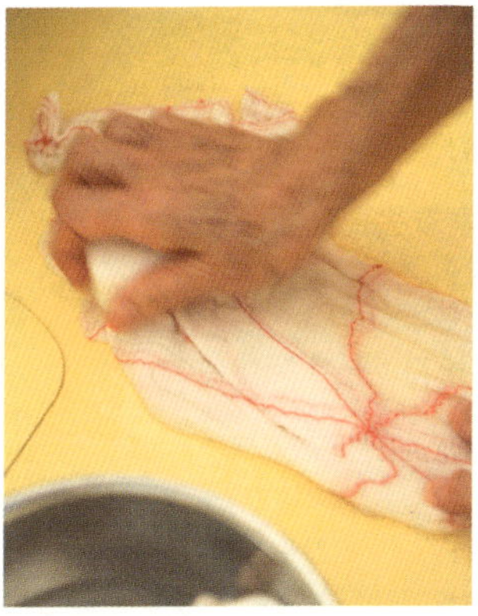

我每天晚上都会手洗抹布。用去污能力强的固体肥皂使劲擦洗，是一件愉快的事。用破旧的蚊帐制作而成的抹布，我一直很喜欢用。因为这种材质的抹布不仅容易洗去污渍，还十分柔软，容易拧干。

将拧干的抹布晾在位于厨房角落的架子上，这一天的厨房工作就算做完了。如果抹布用旧了，我会改变它们的用途，用它们擦窗户等。

## 空无一物的厨房能激起我的干劲

我在打扫或收拾家时，首先考虑的是“看起来的感觉好不好”。每个人都有自己的喜好，而我的情况是：如果看起来有些杂乱，或一眼看去，能看到很多东西，就会觉得不舒服。因为厨房是我每天要做一日三餐的工作场所，所以我想把它收拾得又清爽又干净，以便无论什么时候，我都能以精力充沛的状态工作。

在厨房做菜时，实际做法也有“每次都摆很多东西”和“表面不摆东西”之分，而这两种做法有很大的区别。在做菜的时候，通常要使用长筷子、加调料、从冰箱中拿出食材……如果什么东西都往台面上摆，台面就会被各种各样的东西占据。而如果看起来乱糟糟的，需要寻找的东西就会变多。做菜一般都是多样菜同时进行，所以如果每次想用什么工具，却要边念叨“哎呀，放哪儿了呢”边逐一寻找，我想我肯定会变得有些急躁。因为我觉得与其在看起来有些杂乱的台面上寻找东西，还不如将东西收拾在固定的抽屉中——只要动一下身体就能轻松拿取，所以即使是还要用到的工具，我也会在做菜的间隙将它收拾好。

台面我在做菜的间隙也会擦很多次。在洗东西、将东西放回原处或擦拭台面的时候，我通常会思考“下一步做什么”，因而将东西逐一收拾好并不会浪费时间。我家厨房的沥水篮，我特意使用小号的。因为我想把洗完的餐具或工具马上擦干，让它们看起来清清爽爽的。总是勤收拾，做完菜后就不会出现待洗物品堆积如山的混乱局面。做好饭菜后，还会出现新的待洗物品，所以即使要晚五分钟吃饭，我也是先收拾好锅碗瓢盆，再坐到餐桌前。

如果水槽里堆着需要洗的东西，家人吃完饭后就会直接把碗筷放到水槽里，而如果水槽里空无一物，他们就会自己洗碗。如果看到的是空无一物的厨房，我本人的表现也会有所不同——不仅干劲十足，做出来的菜也更美味。

专栏

## 好好生活，享受四季馈赠

我们所居住的叶山（位于日本神奈川县三浦半岛西部的一个町）既有海又有山，一年四季我们都是边享受大自然的馈赠边生活。自从八年前我们在家附近租了一块地，我丈夫亲自种的当季蔬菜便是我家餐桌上的常客。刚摘下的蔬菜新鲜而味美，我一直有意识地利用这些食材制作可口的菜肴。除了自家种的蔬菜外，我们还能采摘自然生长在山野中的植物，如春天的野菜、秋天的紫苏籽等。我通常用它们制作佃煮、酱腌菜。我丈夫每年都会去离家稍远的地方挖几次竹笋、采几次蘑菇，因此我家总存有丰富的干货。

待冬季的寒冷告一段落，我们还能享受海产品的美味。我丈夫不仅经常在散步的途中拾捡裙带菜、石花菜，或趁潮水落下时在海滩上捕拾鱼贝类海鲜，还月月和朋友们一起出海钓鱼。

吃源自这片土地的当季食物，不仅对我们的身体有益，还能让我们常常感受到喜悦。

## 四季菜肴日历

| 一月 | 二月 | 三月 |
| --- | --- | --- |
| 烩年糕<br>七菜粥 | 制作大酱 | 牡丹饼<br>草味年糕<br>蜂斗菜大酱 |

我家的烩年糕是关东风味的。我在娘家吃过的烩年糕就是这种风味的，我通常用鲣鱼汁、酱油、甜料酒和酒调味。我用的是方块年糕。

一月七日，为了祈求无病无灾，我们吃七菜粥。水芹、荠菜、鼠曲草、繁缕、稻槎菜、芜菁、萝卜，我用这七种能轻松获得的蔬菜制作七菜粥。

大酱在天冷时下料才好吃，所以我一般在二月份酿制。大酱酿造一年就成熟，日语中有个词叫“手前味噌（自吹自擂的意思）”，正如这个词所示，日本的大酱真的很美味，值得我们“自吹自擂”。

丈夫的收获

裙带菜、石花菜、鱼贝类海鲜

四月

制作琼脂
炒野菜
煮蜂斗菜
炒蘑菇

琼脂的原料是石花菜。白天晒太阳，晚上泡在水中，如此反复操作一星期，就能去除紫红色。

五月

腌蕌头

一到春天，我们就能出门采摘蜂斗菜的花梗、水芹、野生蜂斗叶、山蒜、艾蒿等野菜。我经常用它们做天妇罗、佃煮。

石花菜、槖吾、水芹、笔头菜、蘑菇

六月

梅干
梅子大酱
紫苏汁

我家院子里有梅子树，每年六月是我们用梅子制作东西的季节。青色的梅子可以用来制作梅子大酱、梅子汁。成熟的梅子则一般用来制作梅干。

海胆、船丁鱼、竹荚鱼、鲳、小虾米、小鱼

# 丈夫的收获

丈夫从长野采摘回来的植物。从左到右分别是：金漆叶、紫萁、竹笋（千岛矮竹品种）。

正月我们会做很多凉着吃的菜肴，
所以带有香浓汤汁的烩年糕
总能让人心头一暖。

七月

## 水煮竹笋
## 番茄干
## 罗勒调味汁

如图所示，这是我丈夫每年都会去长野挖的千岛矮竹品种的竹笋。为了让家人无论什么时候都能吃上竹笋，我把所有竹笋先焯一遍，再统一装入瓶中密封保存。

我通常将生长迅速的罗勒做成罗勒酱。如果将做好的罗勒酱保存在瓶子中，在吃面条、薄切生肉、沙拉、肉时，就可以用它调味。

八月

## 刨冰

刨冰是暑假必不可缺的经典冷饮。我通常会用砂糖煮家里现有的水果，将水果煮成酱汁状。图中的刨冰用别人送给我家的杨梅制作而成。

丈夫的收获

七月：竹笋、野菜、大青花鱼

八月：海螺、小鲍鱼、章鱼

| 九月 | 十月 | 十一月 | 十二月 |
| --- | --- | --- | --- |
| 牡丹饼<br>赏月丸子 | 干蘑菇<br>带皮糖煮栗子 | 干菜 | 年节菜 |

我丈夫从相模湾钓上来的海产品给我家的餐桌增添了不少秋天的气息。这一天钓上来的是鰤鱼的幼鱼。我通常会趁鱼还新鲜时将它们收拾好。

日本人在秋彼岸（秋分前后三天）吃的牡丹饼，我通常只在想做的时候做。将1合（相当于0.1升）糯米捣碎，可以做出6个牡丹饼。馅儿我用的是自家做的红豆馅儿。

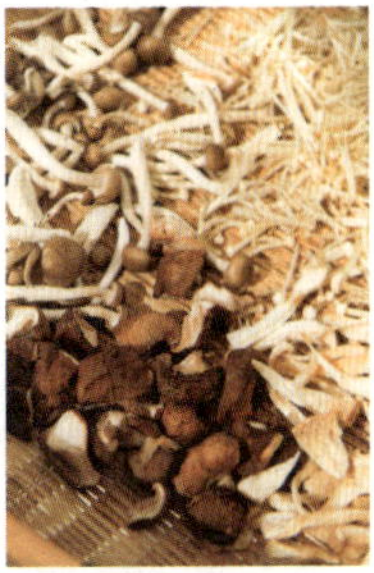

秋冬季最适合制作干菜和干蘑菇。当季蘑菇放在太阳底下晒两三天，即能晒得很干。晒干后，装入瓶中保存即可。

鰤鱼的幼鱼、扁舵鲣、青花鱼、竹荚鱼

山药、秋天的青花鱼、方头鱼、金线鱼、粗单角鲀、虾虎鱼

用杨梅沙司做成的刨冰。
自家做的沙司，
即使一次盛很多，
也能安心食用。
这是一品很朴实的美味冷饮。

## 竹荚鱼

丈夫钓上来的竹荚鱼
我通常切成三片，
趁它们还新鲜时将它们做成生鱼片吃，
剩下的放冰箱冷冻。

第二章

# 让自己开心地做菜

## 我的食材选购之道

在我们准备饭菜时，容易占用我们很多时间的，或许不是做菜本身，而是购买食材或制定食谱等准备工序。我既有腾不出购物时间的日子，也有因“每天都做饭，不知做什么好”而头疼烦恼的时候。因为傍晚这个时段我本来就很忙碌，所以为了不让自己在准备阶段有心累的感觉,无论是购买食材还是制定食谱，我都提前做好。如此一来，当我站在厨房的时候，我便能以“接下来就差做菜了”的轻松状态让自己开心地做菜。

虽说如此，但我并不是什么时候都能恰好按计划完成准备工作。通常，我将每周“统一购买一次”作为基本做法，也时不时边思考“用哪种食材制作”边以轻松状态做每天的准备工作。在周六的上午统一购买食材是我家长年养成的习惯。在购买食材时，我通常不会思考“下周要做什么”这个问题，每次都是不假思索地将洋葱、胡萝卜、卷心菜等经常吃的蔬菜放入菜筐中。买回家后，我一般会在坐下来休息前花一小时整理冰箱、做准备工作。比如洗刚买回来的菜、用醋腌渍或用盐揉搓蔬菜、用剩余的根茎类蔬菜制作常备菜等。采购食材、做这些准备工作，是每周必做的事，所以每次我不用思考就能按照固定的流程麻利地完成这些工作内容。接下来的日子，如果发现食材不够用，我会再去补买一次，或在想吃荤菜的当天去附近市场买新鲜的鱼、肉。

我一般在早上制定当天的食谱。我会结合冰箱中剩余食材的情况，边思考能用现有的食材做什么煮菜、沙拉、汤菜，边制定食谱。我通常还会利用做早饭的这段时间为晚上提前做好一两道菜。如此一来，傍晚我就能非常轻松地准备晚饭。我能在早上提前做好晚上的一两道菜，也是因为家里有齐全的食材。

我刚当全职妈妈的那段时间，家附近没有超市，只能采用统一购买的方式买食材。一直到现在，我还延续着尽量将下周要用到的食材都买回家并将它们收到冰箱里的习惯。我们周围应该既有在购买食材时制定食谱的人，也有先大致想好食谱再去购买食材的人吧！我认为最好以不给生活带来影响的方式慢慢寻找适合自己的购买方式。

## 常备这些食材，轻轻松松做饭

除了蔬菜外，我还会提前买好小沙丁鱼干、蒟蒻、油炸豆腐、圆筒状鱼糕等加工食品。这些都是一加入拌菜、煮菜、炒菜中，就能增加菜的分量和美味度的方便食材。小沙丁鱼如果先放在院子里或室内晾晒三小时到半天，等水分蒸发后再放入冰箱冷冻，在做菜时就可以马上按需取用。

根茎类蔬菜可以放很多天，因此我家经常备有很多根茎类蔬菜。我通常以用透气性好的纸袋隔开的方式将它们统一放在一个大菜筐中，以便从上往下看时，自己能清楚地知道每种食材还剩多少。

# 食材消灭法

我过去也曾有过这样的失败体验：统一购买的食材，我还没想好拿它做什么菜，它就坏了。因此心疼不已的我在学习各种方法后，如今已能在食材变质前用光每次统一购买的食材。我发现，当发觉某种食材有剩余时，如果将它和其他食材放在一起做菜，不仅要花时间备齐材料，还提升了做菜的难度，而如果只用这种食材做菜，操作起来就轻松多了。比如，土豆即使没有其他配料，也能做个土豆沙拉；蘑菇既可以做汤菜，又可以用黄油炒；根茎类蔬菜用油炸一下，撒上点盐，吃起来也很美味。用一种蔬菜制作而成的简单菜肴能让我们充分品味蔬菜本身的味道，这也是一大可喜之处。如果平时多做几次这类花十分钟即能做成的拿手菜，就能取得“一石二鸟”的效果——不仅能用光食材，还能让食谱因副菜的存在而变得丰富。

<用一种家里储备的食材制作而成的菜肴>

## 莲藕饼

### / 材料（容易制作的分量）

莲藕 1 节（约 250g）

盐、黑芝麻各适量

炸莲藕用的油适量

## / 制作方法

1 莲藕用炊帚等工具洗干净后，带皮擦成泥（左幅照片）。
2 用笊篱捞起，控干水分（右幅照片）。
3 加入盐和芝麻，搅拌均匀。
4 揉捏成饼状，放入油温约 170 度、油稍稍有点多的锅中炸至黄褐色。

## Point

因为莲藕含淀粉，所以即使不使用具有黏性的食材，也能轻松将它揉成饼状。用笊篱捞起莲藕泥时，出自莲藕的水分会留在盆中。莲藕水富含营养成分，如果加入蜂蜜饮用，可缓解喉咙疼痛。此外，还可以将莲藕水加到大酱汁中。两头带节的莲藕，内部不容易变黑，如果选择这种莲藕，存放时间可以久一些。

< 用一种家里储备的食材制作而成的菜肴 >

## 炸牛蒡

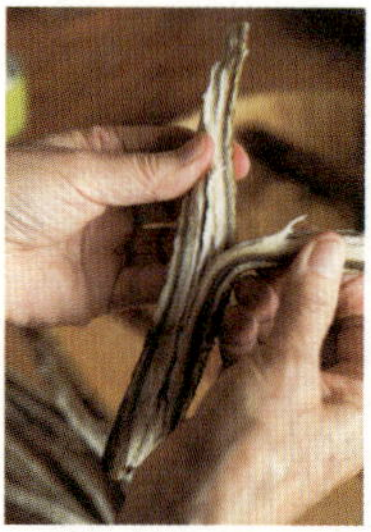

### / 材料（容易制作的分量）

牛蒡 1 根

大米粉（或土豆淀粉）适量

油适量

### / 制作方法

1 牛蒡用炊帚（或卷成团的铝箔）洗干净后，带皮煮 3 分钟。

2 控干水分，待余热散去后，先用擀面杖等工具敲打，再用手纵向撕开（左幅照片）。

3 将牛蒡切成方便食用的长度后，抹上大米粉，用 170 度左右的油将牛蒡炸得干干的（右幅照片）。可根据个人喜好撒上适量的盐。

## 甜醋腌大白菜

### / 材料（容易制作的分量）

大白菜 1/4 棵（约 400g）
生姜 1 块
红辣椒 2 大个
盐 1 大匙
色拉油 4 大匙
A 醋 4 大匙
砂糖 3 大匙
盐 1 小匙

### / 制作方法

1 大白菜将白色部分和叶子部分分开后，切成细条（白色部分竖着切），撒上盐，放置至出水。

2 生姜切成细丝。红辣椒用开水泡软后，摘除籽儿，切成细丝。

3 将 A 倒入碗中，并充分搅拌后，将 2 和沥干水分的 1 倒入碗中拌匀。

4 高温加热色拉油，倒入 3 后马上盖上盖子（将盖子盖至不会大量泄露热气的程度）。

## 干制鲣鱼拌蒟蒻

### / 材料（4 人份）

蒟蒻 1 片
酱油 2 大匙
酒 1 大匙
干制鲣鱼 4 ～ 5g

### / 制作方法

1 蒟蒻用刀削成一口大小的薄片后，用平底锅炒至水分消失。

2 加入酒、酱油后翻炒蒟蒻，使酒和酱油分布均匀。待炒干水分后，加入干制鲣鱼拌匀。

# 没有食材损耗的冰箱收纳法

婚后不久，我就从朋友那里买了一台她家用过的美国产大冰箱。这台冰箱打开左门是冷藏室，打开右门是冷冻室，内部空间很大，因此经常需要统一购买食材的我用起来很方便。因为这种冰箱太好用了，所以之后每次换冰箱我都选择美国产的。时间飞逝，一转眼四十年过去了，我家的冰箱也已换了三台，每次都在不同的地方购买，好像好市多（美国最大的连锁会员制仓储量贩店）也有我家的同款冰箱。

冰箱内部空间大，可以放大量食材，但与此同时，在食材的收纳上也需要我花费更多的工夫。如果食材被放在看不见的地方，我很容易忘记它们的存在。而如果放在里面的食材难以取出，在需要用它做菜时，就会给自己带来麻烦。因为我不想浪费好不容易买回家的食材，所以我让自己采用一眼就能看清楚“什么食材在哪里”的摆放方法和容易拿出食材的托盘盛物法。

要想用光食材，花点时间将食材以方便使用的方式放入冰箱保存是一大秘诀。

〈左〉丈夫钓上来的鱼处于已预先调好味，之后只需烤一下的状态。

〈右〉吃不完的鱼切成块，并分成小份后，用保鲜袋包好，放入冰箱冷冻。

虽然在收纳时需要花费一番工夫，但之后用起来会很方便。因此，为了方便使用，特别是需要放入冰箱冷冻的东西，我都会分成小份保存。

冰箱的整理和扫除工作，我通常会顺手做一下。而内部东西的盘点和整理，我通常在倒垃圾（每周两次）之前和周末出去采购食材前做。在盘点和整理内部东西时，我会检查哪些食材必须尽快使用，然后把它们提前做好，放在保存容器中，或开盖确认保存容器中还有什么剩菜。当我发现有剩菜时，我会通过添加东西，改变剩菜的味道，让它作为当天的一道菜出现在餐桌上。比如，如果土豆沙拉有剩余，我就把它和莴苣拌在一起吃；如果青椒肉丝有剩余，我就加上大葱，改变它的味道。

如果打开冰箱门，发现里面有污垢，我就会在这时做冰箱的扫除工作。通常我会在取食材的时候顺便擦一下冰箱，或用水洗一下能卸下来的部件。如果只是擦洗某个地方，用不了五分钟就能擦洗干净。如果要专门拿出一天打扫整个冰箱，不仅难度有点大，冰箱门还得一直开着，所以我觉得“每次一发现什么地方有污垢，就快速擦洗这个地方”的冰箱扫除法，做起来更轻松。

冰箱一变得干净整洁，我的大脑和心情就会变得无比清爽。这样一来，我就能开心地做菜。

公开！

# 我家的冰箱

右侧冰箱门上主要放能立起来放的瓶装类东西。

①带防干盖的最上层，是放黄油和奶酪的地方。

②放尺寸正好与这一层相匹配的瓶瓶罐罐。瓶子中装的是自家做的泡菜、芝麻酱等。冰箱主体部分也有保存瓶罐的场所（参照57页的①），但由于这一层的高度与眼睛的高度一致，一目了然，所以把瓶瓶罐罐放在这里，就不用绞尽脑汁地思考“那瓶东西放哪儿了呀”。

③④立着放蛋黄酱、调味汁等调味料。

⑤放牛奶、大麦茶等身材较高的饮品。

⑥放丈夫每晚必喝的啤酒。一有减少就马上补充，我总是在这一层放这么多啤酒。

冰箱中放有各种各样的东西，为了让自己马上找到要用的东西，我把所有东西分成几大类，将每类东西都放在固定的位置。

①白色架子上摆着装有自家做的调料汁、腌菜的瓶子。白色架子下是摆放刚买回来的东西的场所。②放装有剩菜的保鲜盒。为了防止自己忘记它们的存在，我将它们固定摆放在视线正好能看到的高度。③此处是摆放洗过的莴苣、已去除油分且切成小块的油炸豆腐等做菜食材的场所。④这是肉类、火腿的专属冷藏空间。⑤⑥这两处是蔬菜室。冷冻室从⑦开始。放在⑦的东西时常发生变化，这一天，前面放的是晒干的鱼贝类海鲜，后面放的是丈夫钓鱼时所需使用的冷冻水。⑧放培根片等东西。⑨储存小沙丁鱼、羊栖菜、裙带菜等平时经常使用的食材。⑩冷冻保存剩饭。⑪储存的是肉。

冷藏室／

## 在容器的使用上下功夫

决定好摆放位置后，用各种各样的瓶子装东西，让空间得到有效利用。

①

我用各种空瓶子保存自家做的调味汁等东西。为了不浪费空间，我先把所有瓶子都归拢到一个容器中，再把容器放在白色架子上。这么做的方便之处在于，一下子就能把所有瓶子都拿出来。

③

我为家里经常备有的大葱和莴苣各找了一个正好适合装它们的长条形容器和正方形容器。大葱、莴苣即使用光了，我也把容器放在冷藏室中（因为如果不这么做，家里人就会使用这个地方）。

冷冻室 /

## 分小份保存

在保存冷冻品时，我会考虑使用的方便性。

羊栖菜、裙带菜、小沙丁鱼等这类丈夫总能大量带回家的食材，为了方便解冻，我先按每次所需使用的量分成小份，再把它们装在保鲜袋里冷冻保存。如果将保鲜袋逐个立在容器中，看一眼就知道还剩多少。

剩饭我通常以饭团的形式冷冻。如果直接将它们放在烤架上烤，就能做成烤饭团。也可以先将它们放在微波炉里解冻，再弄散。在具体操作时，我先把米饭放在搪瓷盘里冷冻，再移入保鲜袋中。

# 学着设计食谱

每天打开冰箱，思考“今天我能用现有的食材做什么呢”的过程，是一段专属于我的快乐时光。在我家，我可以自由决定做什么菜，因此我在设计食谱时可以不受“必须做什么”等想法的束缚。

比如，如果我想做糖醋里脊，而家里又正好没有那么多猪里脊肉，我就会想“是不是可以用别的肉代替呢”。这种时候，我通常会用切成薄片并卷成卷儿的五花肉或鸡肉代替里脊肉，有时甚至会用略炸一层的油豆腐块代替肉使用。虽然做出来的味道不同于里脊肉，看起来也像是另外一道菜，但它真能成为我家当天的主菜。我觉得，我们在设计食谱时，就该把主菜和其他菜整体搭配在一起看，而不是将主菜作为孤立的一道菜。而且，我一直认为，如果味道、分量从整体上看是平衡的，就足够了。

我对待调味料的态度亦是如此，即使家里没有杂志的食谱上所写的调味品，我也不会在意（笑）。因为我觉得“不放有不放的味道”。如果像耗油这种事关菜肴底味的调味料用光了，我会试着用发酵调味料（酱油）或由多种材料制作而成、味道有些复杂的辣酱油代替。

如果在做过各种尝试后发现一个不错的代用创意，我会非常开心。食材和调味料只要用完就必须再买，而自己通过反复摸索掌握的窍门却可以反复实践。如果某个尝试经得起实践的考验，我就会涌现幸福感，并进而不断扩大构思范围，所以即使最初阶段经历了很多失败，我也会觉得尝试的过程充满乐趣。

前几天我又有了一个新发现。那天，我已做好干萝卜丝，打开冰箱却发现芹菜的叶子已呈淡茶色，看起来不用多久就会腐烂。我觉得无论如何也要在它们变坏之前将它们做成一道菜，于是，我将它切成丝，和干萝卜丝拌在了一起。没想到的是，这道菜的味道非常好。芹菜的苦味和口感是这道菜的一个亮点，除此之外，还能吃出接近生青椒的味道。就像这样，“不想浪费食材，想用光所有食材”的殷切愿望有时真能促使我设计出新食谱。

当家里没有专门用来制作糖醋里脊的肉块时，如果用切成薄片的猪肉或鸡肉代替，我们就能品尝到另外一种美味。如果用的是切成薄片的五花肉，即使火烧过头了，也不用担心肉会变硬。如果用略炸一层的油豆腐块代替猪肉，也能轻松做出一盘健康美味的“糖醋里脊”。

## 糖醋里脊

### / 材料（4 人份）

猪肉（切成薄片）300g

胡萝卜 1 根

洋葱 1 大个

青椒 3 ~ 4 个

竹笋（水煮）、香菇各适量

盐、胡椒、土豆淀粉、色拉油、芝麻油各适量

A 酱油、酒各 1 大匙

姜末 1 小匙

B 醋 5 大匙

酱油、砂糖各 3 大匙

番茄酱 2 大匙

酒 1 大匙

水 50ml

/ 当没有成块的肉时

## < 代替品 > 将切成薄片的肉涂满土豆淀粉

/ 当没有猪肉时

## < 代替品 > 略炸一层的油豆腐块

## < 代替品 > 鸡肉

/ 制作方法

< 用切成薄片的猪肉代替猪肉块 >

1 猪肉用 A 预先腌好。所有蔬菜都切成一口大小。

2 在锅中烧开水，依次焯胡萝卜、洋葱、青椒，焯好后控干水分。

3 将猪肉卷成团后，抹上土豆淀粉。在平底锅中铺一层油，将两面都煎好后夹出。

4 将 B 倒入平底锅中，先将 B 煮沸，再倒入所有蔬菜并混拌均匀。倒入猪肉，快速搅拌。用盐、胡椒调味，淋上少许能给菜增加香味的芝麻油。

< 用略炸一层的油豆腐块代替猪肉 >

去除油分的油豆腐块切成大块，并用平底锅煎至两面呈焦黄色后，按照步骤 4 中的蔬菜的添加时间将它们倒入平底锅中。

< 用鸡肉代替猪肉 >

将 1 块鸡腿肉（250 ～ 300g）切成一口大小后，先用 A 预先腌好，再抹上土豆淀粉。接下来的操作参照上述使用猪肉的做法。

# 分步做菜法则

炸肉饼是一道家里每个人都很爱吃的菜，但它做起来很麻烦。因为从蒸土豆到用油炸，这中间有很多道工序。因此，我每次都是先利用早上的空闲时间做一半工作。考虑到最好在土豆完全冷却前揉成团，所以我通常在裹面衣之前或裹好面衣之后结束第一阶段的工作。当早上没有那么多时间时，即使只是将洋葱和肉末炒好，之后做起来也会轻松很多。傍晚再做时，有时也会觉得麻烦，但一想到“已经做了一半工作，只需接着做”，我就会充满干劲。

我一直认为，天妇罗和炸猪排只有专业厨师做才能做得好吃，所以我不怎么在家做它们。而炸肉饼就不同了，做它从不会失败，而且炸肉饼即使冷却了，也很好吃。我通常会一次多做一些，吃不完的部分留到第二天做炸肉饼三明治——这已成为我生活的一大乐趣。在我看来，用力咬着吃夹在面包中的炸肉饼，是一种特别的体验。

## 炸肉饼 第一阶段

需要花费很多时间才能做成的炸肉饼，如果先利用早上的空闲时间做一半工作，之后就能以轻松的心情做完剩下的工作。请在裹面衣之前结束第一阶段的工作吧（如果有时间，也可以在裹好面衣之后停止工作）！

### / 材料（4 人份）

土豆中等大小 5 个

洋葱中等大小 1 个

牛肉和猪肉的混合肉末 200g

面包粉、小麦粉、盐、胡椒、油适量

### / 调味品

鲜奶油½杯

（当我想做奶油风味炸肉饼时）

咖喱粉适量

（当我想做咖喱风味炸肉饼时）

### / 制作方法

1

蒸土豆。

2

洋葱切成碎末后和肉一起翻炒，用盐、胡椒调味。

3

1 中的土豆先去皮，再捣碎。

4

将 2 和 3 混合在一起后，让它们自然冷却。

当我想做奶油风味炸肉饼时，加入鲜奶油，充分搅拌。

当我想做咖喱风味炸肉饼时，加入咖喱粉，充分搅拌。

5

待余热散去后，根据个人喜好将混合物揉成合适的大小。

6

将它们放入冷藏室中。

让它们以这种状态待在冷藏室中。

## 炸肉饼 第二阶段

上一阶段已将混合物揉成合适的大小，所以这一阶段只需给它们裹上面衣、放入油中炸。炸好后，配上一盘用冰水冰镇过的卷心菜丝，就可以趁热吃了。

### / 制作方法

7

按照“小麦粉→搅好的鸡蛋液→面包粉”的顺序裹上面衣。

8

放入油中炸。

# 一起做菜的幸福

孩子们还小的时候，我和我家孩子幼儿园小朋友的妈妈们关系很好，经常带着孩子互相串门。她们即人们常说的我的“妈妈友们”。大家都是家庭主妇，所以通常一回家就要准备晚饭。有时候，我会和关系处得特别好的妈妈友们一起准备晚上要吃的饭菜。

我们通常会一起制作饺子、炸肉饼等这类需要人动手包外皮或揉成团的食物。过去我们都是在孩子们一起玩耍的时候，边津津有味地聊天边一刻不停地忙活。这是一种很不错的解闷方法，因为大家不仅都乐在其中，还能做到中途就停。现在的我依然十分怀念那段时光。在大家一起制作食物的过程中，我们还能学到别人家的制作方法，比如发现“饺子还能那么包”等，而这也是一起制作食物的有趣之处。

记得有一年除夕，我还曾比平时多邀请了一些妈妈友来我家，请她们帮我制作大年初一的年节菜。在孩子还小的时候，一个人制作一桌子菜，是件很辛苦的事。而如果每个人做三样，三个人就能做出九样菜。而且，这也是一个了解别人家的年节菜味道的机会，所以大年初一看着出自大家之手的菜肴摆满餐桌，我说不出来有多幸福。

最近，女儿、儿媳和我时常一起包饺子。当和别人一起准备饭菜时，孤军奋战时觉得很漫长的时间，常常一闪即逝。

## 饺子

### / 材料（4 人份）

饺子皮 24 张

猪肉末 250g

卷心菜（或大白菜）1/4 个

韭菜 1 把

大葱 1/2 根

大蒜 1 瓣

生姜 1 块

酒、大酱各 1 大匙

盐、胡椒、色拉油、芝麻油适量

/ 制作方法

1 卷心菜切成碎末，撒上 1 小匙盐，大约静置 10 分钟后拧干。

2 韭菜、大葱切成碎末。大蒜、生姜碾成碎末。

3 将肉末、酒倒入大碗中后，搅拌至整体出黏性。加入 1、2、大酱、盐、胡椒，再次充分搅拌。

4 将适量饺子馅放在饺子皮上，包好饺子。

5 在平底锅中将色拉油烧热后，摆上饺子，将饺子煎至底部呈金黄色。倒入水，让水位到达饺子的一半高度后，盖上盖子蒸煮。

6 待水分蒸干后，取下盖子，沿着锅内壁淋入芝麻油，然后烧至锅中发出噼里啪啦声。

第三章

# 建立自己的生活模式

## 简单穿搭，搭出存在感

大约二十年前，我在去镰仓买器皿时，在一家名为“共营工艺”的店铺看到一个用山葡萄藤编制而成的篮筐式包。因为我原本就很喜欢自然素材和手工艺品，所以这个做工精细的包，我一眼就看中了。起初我以为买这种包是个大胆的决定，开始用后却发现，这个包不仅很轻便，还特别能装东西——不仅可以放A4大小的书，还能放重达一斤的素面包。更重要的是，它和我平时经常穿的棉质衣服、亚麻布料衣服很相配。

在那之后，我又逐一添置了几个不同尺寸、不同编织法的篮筐式包。从此，凡是需要带包出门，我都选择篮筐式包。它们刚买回来时，摸起来稍稍有点硬，但用了几年后，就变得像皮革一样柔软，而且，颜色也逐渐变成了沉稳大方的米黄色。让我觉得高兴的是，它们还具有“越使用越有味道”的优点。我用起来很随便，当把手脱落或底部裂开时，我也曾花钱请人修补。虽然价格稍稍有点高，但能用很多年，所以我一直觉得我买到了好包。或许以后我的孩子、孙子孙女还能用。

我也曾买过名牌包，但我并不喜欢它们。这不仅是因为它们的原材料和设计风格唤不起我的兴趣，还因为我觉得持有和别人相同的东西很无趣。我一直觉得，拥有自己喜欢的东西（无论东西贵贱）的人，才是幸福的人。

首饰也是如此，吸引我的往往是那些具有手工感的首饰。我喜欢在穿简单式样的衣服时戴上一样具有存在感的首饰。我喜欢收集乔治杰生（Georg Jensen）的银首饰。这些以鸟或水果为主题、精雕细刻而成的银首饰，能让我感受到艺术品的美和韵味。如果在穿连衣裙时戴上一个乔治杰生的胸针，就能增添几分美感。除此之外，我还喜欢使用木匠从一块木头中挖取出来的项链或用仿古材料制作而成的垂饰，一拿到手就不禁惊叹做工的精美。精心使用别人花费很多心思才能做成的首饰，于我而言是快乐的。

穿什么衣服就固定戴某样首饰的我，为了让自己看起来一目了然，让首饰变得容易收拾，把喜欢的首饰都统一收在了糕点盒中（我用的是“虎屋”牌糕点盒）。

我有四个大小各不相同的篮筐式包，无论是平常拎东西，还是外出，我都用它们。客厅架子的上方，是它们的固定摆放位置。手工编织的东西摆放在一起，就是一幅画。

# 我的“制服式”标配

从十几岁开始，我就一直喜欢正统派服装以及设计简单的服装。虽然我不是一个爱追随流行的人，但在四五十岁之前，爱穿新衣服的我总是接连不断地买衣服。因为我当时热衷于打扮自己，还很在意别人的目光。可惜的是，好不容易才买回来的衣服，有的连一次都没穿过。

在经历过多次失败后，如今留下来的都是经实践证明确实适合我的衣服。快要五十岁的时候，我建立起了自己的穿衣风格，并开始反复穿按照这个风格搭配好的衣服。步入五十五岁，我还给自己制作了几套经典的外出服。

我一直认为，每天穿的日常服装最好具备“穿着舒服”“能自己在家洗”这两个优点。所以，布料我会选择棉质或亚麻的。因为我总是在一刻不停地做家务，再加上我家用的是矮桌，一天之内我要反复站起来、坐下好多次，所以我在家不穿一露膝盖就显得不体面的短裤，通常只穿裙子。如果穿的是不会影响做家务、方便迈步的裙子，从外部轮廓上看就显得有些宽松。而如果再配上一件宽松的上衣，整体看起来就有些邋遢。所以，为了让整体看起来协调，我以前都是用正好合身的上衣搭配裙子。

就这样，在反复尝试后，我决定将“细长板型的针织衫 + 长裙”作为我的日常服装。这个组合搭配我已经穿了有二十年之久。可能是因为用天然材料制作而成的衣服很耐穿吧，我有很多已为我“服役”十年、二十年的针织衫。这让我觉得很开心。

早上起床后，我通常先洗脸、洗头发，再换下睡衣。换衣服时，我会先根据当天的心情选择一条裙子，再为裙子配一件上衣。我每天早上都很忙，不能在换衣服上花很多时间，而如果像这样提前定好搭配方案，我就能快速换好衣服。由于我的衣服从材料到轮廓线条都是无可挑剔的，所以我能舒服地穿上一整天。虽然我每天穿的衣服很像制服，但它们在颜色、花纹、领子形状或外形轮廓上多少有些不一样。对我而言，在完全不同的地方穿这些衣服也是一种乐趣，而且我一直觉得这么搭配是个正确的决定。在体会过这种舒服的感觉后，即使别人以为我总是穿相同的衣服，我也完全不在意。

不仅体型会随着年龄的增长逐渐发生变化，我们的审美眼光也会随着时代的发展而不断改变。正因为我穿的都是很普通的衣服，所以一旦觉得有些不合身，我就会不厌其烦地对它进行修改。如果是裙子的腰部有些宽松了，我就更换按扣；如果我觉得长长的裙摆是累赘，我就改短一些。因为我想穿合身的衣服，让整体看起来是平衡的，所以我会特意选择不会让腋下的肉凸现出来的贴身衣服。最近，我的脖子变瘦了，不太好看。我讨厌这种感觉，因此买带领子上衣的次数明显变多了。即使我在家穿的是领口很大的衣服，外出时也会戴上围巾，将脖子遮盖住。我已步入古稀之年，以后只会与年轻时候的我越来越不一样，但即使我因容颜不再而唉声叹气，也不能改变什么，所以我就想让自己穿适合自己的衣服。我觉得，穿适合自己的衣服，就能让打扮再度变成一种乐趣。

〈左〉针织衫是“GAP”牌子的，裙子是八年前我在镰仓的“take off”店买的。

〈中〉“CHICU+CHICU5/31”牌气球裙，“Quimper”牌鞋。

〈右〉这件T恤是“GAP”牌子的。围裹裙是手工织物。

## 不被流行所左右的外出服

我外出时经常穿连衣裙。如果是寒冷的冬天，有时我会选择羊毛西装套裙。我通常采用“短外套＋裙子”的穿衣形式，搭配着穿用在同一家店买的布料制作而成的或设计稍稍有些不同的上衣、裙子。

不论是连衣裙还是套裙，都有一个优点：能快速穿上，且穿上就能出门。因为不做完家务我就没法安心出门，所以赶着做家务的我常常没有多少时间换衣服。而且，我平时就不擅长搭配衣服或以叠加的方式穿衣服。所以，我很讨厌好不容易有机会出去玩，却在出门前因为看到自己穿的衣服有些奇怪而没精打采。

我也有自己喜欢的衣服——喜欢与否与价格高低等因素没有关系。我觉得，与其在各种尝试后还是以失败告终，不如以后外出时只穿自己喜欢的衣服。我外出时不是穿连衣裙，就是穿套裙。当我这么决定后，就能轻松找到让自己满意的衣服。

春秋季，我的出门标配——身连衣裙。
当觉得有些凉意时，我用围巾保暖。鞋只穿平底鞋

# 灰色连衣裙

这身漂亮的灰色连衣裙是
「INDUBITABLY」家的
凉鞋是我在「take off」店买的，
它们已为我「服役」二十年。

用篮筐包搭配一身黑色，
朴素而不俗气，
正好符合我的穿衣风格。

这条外形有些独特的连衣裙
也是我在『INDUBITABLY』家买的。

# 缝纫机的嗒嗒声

我拥有属于自己的棒针是在小学四年级。我记得我先是用锁链针法织了一条玩翻花鼓的绳子，后来又织了围巾、袜子等小东西。小时候都是姑姑给我织毛衣，我想我爱织东西可能是受姑姑的影响。人无论在哪里，都可以织东西，所以长大成人后，这也成了我的一大爱好。过去，我常常在夜深人静的时候，在做完家务后拿起棒针一针针地织东西，家人的毛衣都是这么织好的。平时做活儿，我都会先在脑中想好接下来要做什么，唯独在织东西时我的大脑处于放空状态。织东西的好处在于：专心致志地织东西可以让我转换心情，织好时还能让我体会到成就感。

毛衣即使每天都织，也得花上一个月的时间。而用缝纫机做活儿，则很快就能看到成品，这是一种有别于织毛衣的乐趣。我爱用缝纫机缝制床单、窗帘、衣服、包等各种各样的物品，在缝纫机的“嗒嗒”声中每缝制好一样，我都会开心好久。我之所以这么喜欢做手工活，是因为做成的每一样东西都是世上独此一份的原创作品。



我喜欢收藏盒
的盒子不知不觉
线盒。每次看到小
得整整齐齐的样子，
开心。

过去，当我要织很多编织品的时候，我会做几个原创标签玩儿。

# 做做手工活儿，真好

近几年，我一直不大有机会将材料摆满桌子，然后用缝纫机做衣服或拿出晚上的时间织毛衣。现在，我做手工活儿主要靠“见缝插针”。而且，我做的都是反复制作、动作已十分娴熟，或尺寸和做法都已记在我脑中的东西。因为这样的东西难度小，不用怎么思考就能动手操作，所以每次一做这类手工活儿，我就能很好地转换心情。

比如，如果是利用闲余时间织东西，我爱用钩针织刷帚。因为刷帚如手掌般大小，所以很容易织，织出一个成品也只需十分钟。一团毛线大约能织四个刷帚，所以有时织完一团毛线，就能把成品当作礼物送人。这种见缝插针式做手工活儿的方法，不仅能让我在短时间内获得成就感，还能让我在一次做多个具有实用性的小东西的过程中越来越觉得自己做的是很有价值的事。从这两点来看，织刷帚是个不错的选择。

如果是缝东西，我经常制作孙女们用的发带。每次看到漂亮的布，我都会买一块，如果抓紧时间缝制，也是花十分钟就能做成一个。我有时也使用缝纫机，但其实手工缝制反而更轻松些——因为无须做缝纫机的准备工作。每次一想到孙女们会愉快地戴上我亲手制作的发带，我就会越做越开心。

我也经常制作我平常穿的长裙，虽然裙子的尺寸稍稍有些大。正如我之前所述，我觉得自己最好同时拥有好几件外形是自己喜欢的日常便服，而如果想同时拥有几件一样的衣服，用同一个纸型制作最为方便。我在找到直线裁剪式纸型后，按照自己的尺寸做了修改，并将它保存下来。完成一条裙子大约需要三小时，我一般都是只要决定“今天做”，就一口气将它做好。虽说我做的是一条不起眼的裙子，但如果是去商场买，也需要花费不少钱。而且，在商场通常很难买到外形是自己喜欢的。而自己亲手做就不同了，不仅可以淘一块自己喜欢的布，花费的也只是购买布料的钱。

从拿出缝纫箱、针线盒等工具到起身休息，是一个很麻烦的过程，但每次只要开始做，我就会开心地想“能做做手工活儿，真好”。

一看到外形可爱的成品，我就不禁想用各种各样的布制作不同的发带。发带上缝着松紧线，所以即使尺寸只是大致符合，也没关系。发带的宽窄，我通常结合制作时的心情和布料的花纹调整。

## 发带

### / 材料

自己喜欢的布约 40×30cm
（制作大人发带时）
松紧线 1cm 宽 约 10cm

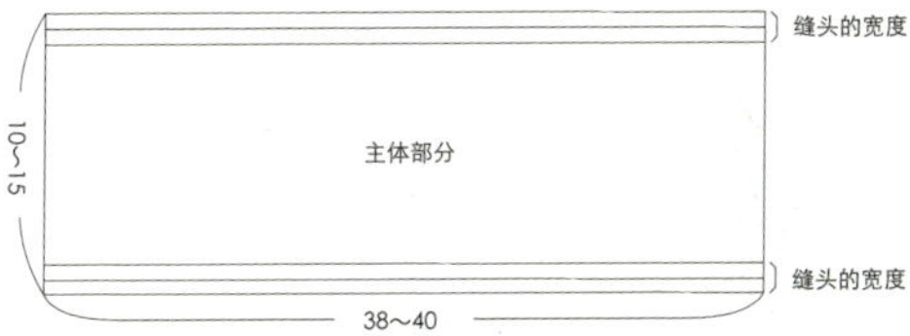


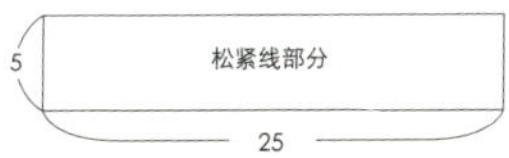


### / 尺寸图（单位：cm）

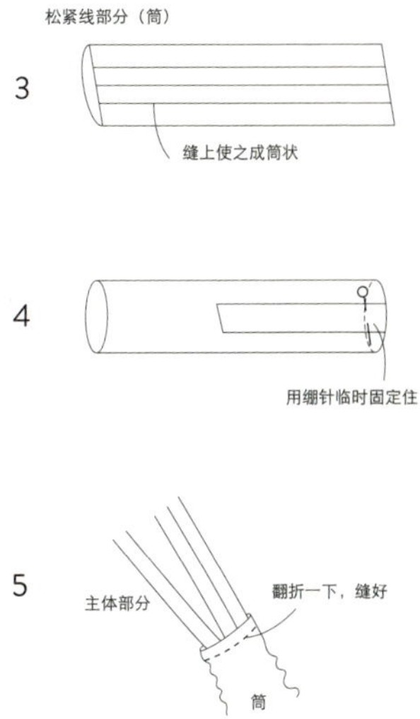


### / 制作方法

1 主体部分、松紧线部分，按照尺寸图裁剪好。

2 主体部分，在长边的两侧各折三下后缝好（缝头的宽度是 0.5cm）。

3 松紧线部分以把正面叠在里面的方式纵向对半叠好，从裁剪端这头开始缝 1cm 左右，将它做成筒状后，用熨斗熨一下，使缝头左右分开，最后反面朝外。

4 将松紧线穿过 3 的筒中，其中一边用绷针临时固定住（不封筒）。

5 按照松紧线的长度将褶子聚在一起后，将缝出褶子的主体部分塞入筒中约 1cm 后缝好。接着，将筒的两端翻折一下。另一侧也以相同的方式缝好。

我采用的是直线裁剪法，为了快速做好，我一直使用纸型裁剪。能够根据自己的体型和喜好调整大小和外形轮廓是手工制作的一大优点。为了让腰围部分看起来很清爽，我稍稍缩短了腰的部分。

# 直线裁剪裙

### / 材料（成品上下 70cm 长，腰围 106cm 宽）

自己喜欢的布　约 150×150cm

松紧线　3～4cm 宽　约 60cm

### / 制作方法

1 前后裙片、前后腰、腰带，按照各自的尺寸裁剪好。

2 前后裙片做出褶子后，分别与前后腰缝合在一起。用犬牙式封边缝纫机封边。

3 将前后部分合在一起并缝好后，用犬牙式封边缝纫机封边。裙摆折三折，向上叠 1cm。

4 缝上腰带，穿上松紧线。

### / 尺寸图（单位：cm）

# 让餐桌美如画的木制托盘

凡是自己一眼看中的东西，我怎么看都不会厌烦。我不仅有很多用了二十多年的器皿、生活用具，而且很多器皿、生活用具，我收集的都是同一类型的。

我大约在三十年前买的“木制托盘”（如 100 页上面的照片所示），是我如今还在天天使用的生活常用物品之一。这个托盘出自岩手县的“三本木工艺”之手。让人觉得惊讶的是，现在“三本木工艺”还在制作这款托盘，而且价格和我购买时相比，几乎没有变化。我家这个最初呈白色的托盘，随着时间的流逝，已变成别有一番味道的深黄色。现在，不论是吃早饭、午饭，还是喝茶，我都会不由自主地用它。以前在吃饭或喝茶的时候，我都会在餐桌上垫一块布垫或铺一块桌布，而如果布垫、桌布被弄脏了，我就会很在意。而且，我觉得洗、熨布垫和桌布是件很麻烦的事。而用托盘就不同了，不仅可以快速擦去它上面的污垢，比起直接将器皿放在餐桌上，将每个人的食物放在一个托盘上，收拾起来还更轻松。

更重要的是，将托盘放在餐桌上，餐桌立马美得像一幅画。我买过各种形状、大小的托盘，最后发现，没有棱角、方便放餐具的椭圆形托盘最好用。比这个托盘稍小点的圆形托盘很像茶托，我很多时候用它盛放大茶杯。如果用小茶杯装茶，不仅茶很快就会变凉，而且和原来的茶托搭配，感觉有些夸张，所以我将圆形托盘和大茶杯作为一个组合使用。吃晚饭的时候，我一般在每个餐位上摆上一个无框木制垫子。因为除了小碟外，还有大盘子、中号钵，所以比起摆放托盘，摆放垫子让餐桌看起来更为齐整。像上述这般考虑餐桌的整体美，或许在外人看来是一种追求自我满足感的表现。实话说，每次看到摆放得很漂亮的餐具、器皿，我确实能收获快乐和小小的成就感。

在餐桌的正中间摆放糕点时，我经常使用多层木盒。我通常会在客人抵达之前在多层木盒中摆好糕点，盖上盖子。倒好茶后，一打开盖子就能请客人品尝，因而我通常能让自己顺利而周到地接待客人。因为多层木盒从外表上看也很美观，所以客人对我的招待都有很高的评价。

这是我用了三十年的木制托盘。它只有四十五厘米宽。我喜欢它是因为：椭圆形看起来很美观；用它运送食物、饮品很方便。当我给客人上日式糕点时，通常在这个托盘上放一份糕点和一杯茶。

以在木制托盘上摆放漆器、陶瓷杯的日式组合方式给客人上西式糕点和咖啡，也是我的招待风格。这个三十四厘米宽、稍稍有些小的椭圆形托盘也是“三本木工艺”的产品。

这个木纹看起来很漂亮的木制器皿，是我在“叶山画廊木工”买的。即使是体积不大的日式糕点，也能在这个器皿的衬托下显得十分醒目。因为器皿相比糕点显得有些大，所以我在糕点下铺了一张一叶兰。如此一来，既能增添一丝绿意，又能让整体保持平衡。

无论是菜肴还是糕点，都适合用这个多层木盒盛放。因为它能让食物看起来很美味，所以平常我经常使用它。通常，在客人抵达之前，我会先装好糕点、合上盖子，再把它放在餐桌上。

# 可爱的厨房神器

我想，或许远在昭和时代，“特百惠”就已经进入日本的千家万户了吧！那个时代除了“特百惠”，没有其他比较好的储存容器。这个牌子的储存容器我曾无意中用过一次，让我至今依然觉得不错的地方是：其盖子密封性好、美观、整体结实、功能性强。一般而言，四方形容器的有效收纳空间更多一些，但“特百惠”的圆形容器是个例外。以前有人告诉我：湿气容易聚集在角落，因而圆形容器适合用来装海苔。因为我家每天都要吃很多海苔，所以我通常将切成合适大小的海苔储存在“特百惠”容器中。

可放入冰箱储存的“百丽”耐热玻璃器皿，是我收到的结婚礼物之一。算下来，这套器皿我已经用了四十多年。它们是玻璃材质的，所以不仅不会串味，连朝鲜泡菜都能用它们装。其颜色也很漂亮，所以可以直接将它们放在餐桌上。

我爱用绿色的“特百惠”储存容器装海苔，而白色环形容器我通常在制作巴伐利亚风味点心时使用。用环形结构的容器装东西的好处是，我可以轻松取下做好的点心。

“百丽”耐热玻璃器皿小而可爱，在学习厨艺的学生们中有很高的人气。

## 在时间的流逝中，边修理边与老物件增进感情

我爱长时间使用我喜欢的东西，是因为使用老物件能给我带来幸福感。物品的使用和人际交往一样，随着时间的流逝，与之相关的记忆会不断增多。如果是日常使用，损坏是不可避免的事。但总归要花钱，比起新买一个，我更愿意把钱花在修理上。通常，我会先想想是否能自己修理，如果觉得自己搞不定，我会和我常去的修理店商量修理事宜。

我家正在使用的衣柜、矮饭桌，是我父母去世后，我在拆除父母家房子时搬出来的。虽然它们当时就已经很破旧，但修好后并不影响正常使用。以前匠人制作的东西，果然质量很好啊！如果我觉得某样旧东西不太符合当下自己的喜好，也可以通过改变它的颜色或给它翻新一下延长使用时间。我觉得，在思考“如

何做才能一直用下去”上花功夫，是一件很有意思的事。而且，在这个过程中，自己也会因身边带自己味道的东西变得越来越多而感到高兴。

这原来是一个用木头剖凿而成的托盘，在其边缘出现缺口后，我请“叶山画廊木工”的师傅帮我修理了一下。经过他的一番修理，托盘摇身变为盘子，极为漂亮。身边人都说，是他让光叶榉树这种木料的优点得到了充分的发挥。

父母在世时一直使用的箱笼，我将它从父母家搬出来后，用来收纳布料。当它的四角被磨破后，我和西镰仓售卖竹制品的“冈本”店家商量，请他为箱笼四角贴上了一层皮革。

有缺口的器皿我用金缮修补法做了修补。数年前，我通过拜师习得了简单的器皿修补方法。在那之前，每次器皿出现缺口，我都会情绪低落好久。在那之后，一想到自己便能修补，心里就觉得很轻松。

多层漆面木盒，是母亲用过的旧物。原本上面是有花纹的，我觉得不带花纹更好看，就请人给它从上到下重新涂了一层漆。虽然重新上漆花了我两万日元（约合人民币一千二百二十五元），但我觉得很值——因为漂亮的朱红色更能映衬出菜肴的美。

每次我去看海都会带上这个我在上高中时一直使用的小箱。因为我非常喜欢它，所以即使盖子和箱体的连接部位坏了，我也没舍得扔。我曾请西镰仓的“冈本”店家为我更换合页。现在我用它收纳物品。

这是我奶奶一直用到去世（九十三岁）的矮饭桌。每次一看到它，我的眼前就浮现出奶奶坐在桌前吃饭的样子。虽然它是百年前的旧物，重新涂漆后却依然很漂亮。孙子、孙女们把它当作绘画桌使用。

# 第四章

# 观念生活

## 工作观·随缘而动

回想迄今为止发生过的很多事，我不由得发出这样的感叹："原来人生是不会按照我的计划进行的啊！"或许我原本就不是一个对自己想做什么有强烈想法的人。在现在的年轻人中，不乏从事各种工作并取得不错成绩的人，我觉得他们很厉害。我从来没有想过"自己想从事什么样的工作"这个问题，每次都是随缘而动。而在这个随缘而动的过程中，我也积累了各种各样的经验，做了很多我在年轻时连想都没想过的事。

最初我努力做的是主妇的工作。刚结婚时我没有一点儿做菜的经验，但二十五岁的我刚投身家庭不久，就发现做家务也有做家务的乐趣。毫无疑问，每次做家务我都是很认真地工作。虽然认真工作起来很累人，但主妇的工作有一个优点：自己可以根据具体情况做各种各样的决定。平时，我得边带孩子边准备一日三餐、打扫房间、洗衣服。

虽然家庭主妇永远有做不完的家务，但如果我能早点儿做完每天该做的家务，就能让自己比较轻松地度过一天。随着孩子的长大，我有越来越多的时间与妈妈友们一起带孩子玩耍，再加上我一把家里收拾得井井有条，就很开心，所以很多时候都很有成就感。我很喜欢动手操作，因而做菜也逐渐变成了一件快乐的事。

大女儿一开始上幼儿园，我就带着三岁的儿子去烹饪教室学习厨艺。教现代烹饪的老师刚教我怎么做比萨，我就和妈妈友们办了一个比萨派对。当孩子们都上小学后，终于有一些自己的时间的我开始去原田知津子的家务教室学习怎么做家务。原田知津子是《速战速决——快速做家务》的作者，我从她那里学到了很多东西，比如合理做家务的方法、整理房间的方法、收纳物品的诀窍等等。我原本就是一个喜欢提前做好该做之事的人，去原田知津子的教室学习后，我把“该提前做好什么”都记在了心里。

三十五岁以后，随着我的行动范围不断扩大，在手上有布料的朋友们的邀请下，我开始制作、销售花边小物品。制作这些小东西完全是出于兴趣，值得庆幸的是，总体反馈很好，大家都很喜欢我制作的东西。让我高兴的是，我在设计、使用的舒适度上下各种功夫后制作出来的小物品（有时用经过染色的花边布料制作），很多人都争先购买。当我把我自己工作十年挣来的钱用在全家第一次出国旅行上时，我觉得我活得很有意义。

之后，我接受好友的邀请，去她开的火腿店帮忙。这是一份每周给肉铺送两次火腿的工作。因为每次都是开着车挨家送，两三个小时即能送完，所以送完后我就可以和朋友们一起逛街购物、吃午饭，度过一段快乐的时光。除此之外，我还曾在家附近的高级公寓的样板间做接待客人的工作，在朋友开的加油站做陈列物品的工作，在保险公司当调查员。一和别人说我在保险公司当调查员，他们就会用很惊讶的语气对我说“很辛苦吧”，其实这是一份时间上不受束缚、做起来很轻松的工作——在我喜欢的出门时间拜访客户，确认地址无误并问几个简单的问题后，写好报告书，把报告书寄出去即可。

这是我留在身边的花边小物品。我以朋友们帮我准备的布料为材料，按照自己设计的图案做好后，曾将它们放在家附近的店铺销售。这是我以红发少女安妮（高畑勋执导的同名动画片中的女主人公）为灵感制作的小物品，其照片曾被发表在杂志上。

等女儿去美国的高中留学，儿子也上初中后，我有了大量可以自由支配的时间。这时，我四十五岁。就在这个时候，朋友们对我说“教教烹饪吧”，我觉得这是个很难得的机会，就抱着“试试看”的心态开始教大家烹饪。起初我觉得，与我同一时代的妈妈们哪里需要我教什么做菜技巧，结果却发现，大家对“主妇为主妇教家常菜”非常感兴趣。于是，不久之后，我就在自己家经营烹饪教室。最开始只有家附近互相认识的年轻妈妈们来我家学习，后来在原田知津子的介绍下，各个年龄段的学生都变得越来越多，有些妈妈还特意从千叶、埼玉赶来学习厨艺。

因为这时儿子也去了美国学习，家里只剩下我们夫妻二人，所以不知不觉间，我把生活重心放在了烹饪教室的经营上。这种状态大概持续了十五年有余吧！有一段时间，当地的广播台还曾请我主持烹饪节目（节目很短）。连我自己都觉得很奇怪，明明自己没有什么经验，也没有什么志向，当机会出现在眼前时，我却总会对自己说“或许可以试试看”。

六十岁后，我以和女儿一家住在一起为契机，结束了烹饪教室的经营。不久之后，我获得了一个在人前介绍做家务技巧和育儿技巧的机会。聚在一起听我传授技巧的是比我的女儿还年轻的妈妈们。“是啊，我也到了给年轻的妈妈们传授知识的年龄了”，意识到这一点的我决定尽我最大的努力完成这个任务。让我觉得不可思议的是，一坐到大家的前面，我就能侃侃而谈，而且我竟然还能边说边学到很多东西。

虽然我所讲述的内容有时会有些差异，但我从来没有对大家说过“这种家务活必须这么做”这句话。我觉得，除了家庭成员构成、生活节奏外，大家的其他各种条件也不尽相同，十个人就有十种家庭环境。所以，最好的做法是自己觉得怎么舒服怎么来，而不是模仿谁家的做法。我告诉她们，如果每天都要做相同的家务活，我希望她们能找到让自己享乐其中的方法。在这之后，我通过写书、在杂志上发表文章，进一步扩大了工作范围。在这个过程中，我遇到了各种各样的人，受到了很多激励，也收获了很多快乐。

# 关于我们夫妇的那些事

回想我年轻的时候，是非常活跃的。高中时我曾参加登山俱乐部，经常以旅行和登山为乐。那时每当奔驰的火车穿过隧道，我都会边喊“快关窗户”边慌慌张张地去关。那个时候，现在经常被作为登山食物食用的泡面好像刚上市。我去过各种各样的地方旅行，在这些旅行经历中，在丹泽山看众多流星划过夜空的经历，最为难忘，那时的情景现在依然历历在目。

我和比我年长七岁的丈夫是在工作单位遇到的。我们工作的单位，同事关系很融洽，我们经常组团外出玩耍，而我的丈夫就是这个团队的成员之一。丈夫从小在海边长大，是一个很活泼的人，可能是因为性格上有相似之处吧，我们对彼此都有好感。“无论我问什么，他都会回答”，也是让我觉得他很可靠的一大原因。

我们的结婚仪式是在清里的教会举办的。那天，丈夫穿着当时很流行的常春藤学院风格的服装和“VAN”牌鞋，而我则穿着结婚礼服。那个时候的我们真年轻啊！婚后，我没有马上辞职，而是在工作一段时间后才投身于家庭。我分别在二十八岁和三十岁怀上大女儿和小儿子。育儿时代，丈夫下班早，晚饭都是全家坐在一起吃，因此夫妻两人说话的机会也比较多。我一直觉得，那时有很多机会和丈夫交谈，是好事。到了周末，我们通常是周六去我父母家，周日去公婆家。父亲告诉我：“结婚后，不可独自回这个家。”父亲还说：“也不可让丈夫一个人回父母家。”（据说我可以独自去婆家。）因此，我们一到周末就全家出动，一天去我父母家，一天去我婆家。

等到两个孩子都离家上学，我们夫妻两人有了大把的相处时间后，我们经常和其他夫妇一起去各个地方玩儿。过了近二十年孩子夹在中间的生活，刚回归二人世界时的我们，多少有些不知所措，幸好我们想到了“出门”这个共同的爱好，所以我们才能重新开心起来。

写到这里，可能大家会觉得我们是一对天天黏在一起的夫妻，其实不然。丈夫是一个敢想敢做的人，他从职场上退下来不久，就对我说：“迄今为止从未独自生活过，我想一个人住一段时间。”多年以来我家都是“丈夫在外工作，我在家料理家务”的运作模式，虽然平时他会帮着扫扫地，但他几乎没做过菜。因此，当丈夫和我说这个想法时，我的内心充满了不安，不知道让他独自生活到底可不可行。当时正好我朋友在新潟县有一栋无人居住的别墅，我们租下它后，丈夫就在这栋别墅里愉快地度过了两年独居生活。在这两年里，我们每月一起生活一个星期左右，每次不是我去新潟，就是他回叶山。因为那段时间只有上班的儿子在家，所以我也差不多过的是独居生活。或许这对我们彼此来说，都是一段不错的经历。

和女儿一家同住在一起后，丈夫结束了独居生活。但即便如此，我和丈夫也没有整天黏在一起——丈夫一般在田里独自度过上午时光，傍晚前出门徒步行走四公里。因为我们有幸住在有山有海的叶山町，所以每次徒步行走，丈夫都说心情很好。我觉得丈夫一直很健康，不仅是因为饮食得当，锻炼身体的习惯也发挥了一定的作用。春秋季，

丈夫经常和当地的老友、学生时代的伙伴一起到海边钓鱼，每年还出门短期旅行两到三次。他们好像还给自己的活动取名为“趣味俱乐部活动”，并制作了全年活动计划表。由于丈夫有自己要做的事，所以我也能自由地支配自己的时间。我觉得夫妻之间保持不黏不腻的关系是最好的。

虽然独自生活过的丈夫现在也会做菜，但我每次出门，不是为他提前准备好饭菜，就是让他和女儿一家、儿子一家一起吃饭。我的想法或许比较陈旧，但我总是不由自主地想给丈夫提供便利的生活。我这么做也是因为我觉得我们有今天都是丈夫的功劳——因为丈夫多年来不辞辛劳地工作，我们才能衣食无忧，才能时不时地出门玩耍。虽然我家过着非常普通的生活，但普通地活着才是世上最难的事，我觉得能这样生活是一件很棒的事。所以我非常感谢为我们创造这种生活的丈夫。

掐指一算，我们结婚已有四十五个年头。这些年，虽然我平时从不对丈夫说谢谢，感谢之情却时常从我的心底涌现。

## 我的消费观

在孩子们上幼儿园的时候，我曾当过幼儿园谈话会的负责人。有一次，身为西班牙人的园长先生说了一句让我恍然大悟的话。那次，因为参加者比预定人数少很多，所以觉得很抱歉的我向先生报告说：“只来了这些人。”而先生却高兴地说：“来了这么多人啊！”光临幼儿园的每个人都是特意前来参加谈话会的，而我却说“只来了这些人”，这确实有些失礼。经历过这件事后，我决定以后也像园长先生一样看待周遭的人和事。

我发现，这种看待事物的方式可用于各个方面。比如，我们也可以用这种方式看待金钱问题。如果你的手上有一万日元，在心中想“这个月还有一万日元”比“这个月只剩一万日元了”更能让你觉得心情愉快。实际上，如果你试着让自己把“只有”改成“还有”，即使数额相同，你也会有完全不同的感觉。在安排家庭开支时如果发现没有预算，即使买不起成块的肉，用碎肉也能做出美味的菜；即使只能用豆芽做菜，也能以细细摘去细根等方式，以愉快的心情做菜。“心态”是一种奇怪的东西，即便是琐碎小事，如果我们积极对待，我们的内心也会变得越来越积极。

我回想了一下我家的金钱使用方法。

我家把钱优先花在吃上。我一直觉得，一日三餐事关家人的健康，因在饮食上节省而生病，得不偿失。但这并不意味着我买的都是高级的食材。我在买食材时，通常多买几样，并尽量选择未添加多余添加物的。虽然我在买调味料时，通常会看看标签，尽量选择原材料比较简单的，但我认为在附近超市能买到的调味料中选择一种即可。因为我觉得过于追求完美，反而会让自己变得不自由。通常，白糖我选择含有矿物质的“以甘蔗为原料的白糖”；甜料酒不用甜料酒风味的，而是用“正宗的甜料酒”；小麦粉我有时用富含食物纤维的全麦粉，或用据说很适合日本人吃的米粉代替。

食材我一次会买很多，因为我们不怎么出去就餐，多买一些食材，便可以让每天的饮食变得丰富一些。虽然一次买很多，但每次都能用完。家里人口多，出去吃一次，需要花很多钱，因此我们只在生日、节日等特殊的日子外出吃饭。

最近，我因工作需要去市中心的次数变多了。即使中午回不去，我也不去餐馆吃饭。因为一个人在哪儿吃饭都无所谓，所以我一般随身带两个烤饭团，在坐电车回家的途中吃。坐电车回家时，我通常买一等座，把在吃饭上省下的钱用在席位档次的提升上。这对我来说是一种能体会到旅行乐趣的轻奢体验。

一提起“不花钱的东西”，我就想到了车。我们夫妻两人对车都没有很高的要求。在我们所住的地方，车是必需品，但我们的想法是“能开就行”，所以我们开的不是儿子淘汰下来的车就是二手车。我在化妆品上也不花钱，现在首饰、衣服，只要不是我真正想要的，我都不会买。

我发现，钱虽然很重要，但如果我们只把注意力放在价额上，就无法一心一意地购物。在选择家具、生活用具、外观好看的东西时，我关注的是自己是否真的需要它，真的喜欢它，所以我不会先去看价签上的标价。当然，我也有想买却发现价格过高而果断放弃的时候，或是经过数天慎重考虑而决定努力攒钱买的时候。家具等大件物品虽然价格很高，但买完后不仅每天都能欣赏，还能用很久，所以我觉得在能力范围内还是选择自己喜欢的为好。

在日常生活中我一直采取这种花钱方式，因而手头上也没有多少余钱。在我使用时间长达二十年的物品里，也有只花三千五百日元（约合人民币两百一十四元）购买、如今还在边补边穿的外套。这不难看出，使用时间的长短其实和价格的高低并没有多大关系。

其实我心里一直装着一个想法：无法用金钱换取的东西，世上有的是，比如时间、经验、健康、人际关系等。我总觉得，人只有拥有无法用钱换取的东西，才能有趣地活着。

# 在育儿路上，总会有不如意的事发生

在记忆中，我没怎么为育儿上的事而烦恼。因为孩子们都很健康，所以即使他们不是特别会学习，我也觉得没什么大不了的。而且，他们也没到要让我为他们的学习问题烦恼的程度。

女儿和儿子完全是不同类型的人。其实，每个孩子都是与众不同的个体，但由于当时我是新手妈妈，而且我认为可以以相同的方式培育多个孩子，所以对“每个孩子都是不同的个体”并没有深刻的意识。有一次，在学校和老师谈论儿子的未来出路时，同时也认识我女儿的班主任对我说“妈妈，不可像思考女儿的未来那样思考儿子的出路问题哟”，我才意识到我应该区别对待不同类型的孩子。

我一直认为，对于人而言，智慧比知识更重要。

学校的成绩、学历，等孩子步入社会实践阶段，就不会对孩子产生影响。当然，育儿的过程，也是身为人母的我边听处于成长上升期的孩子们告诉自己“父母不应把自己的理想和期待强加给孩子”，边不断自我成长的过程。正因为我走过育儿这条路，才更明白“即使对孩子说很多，也是徒劳”的道理。孩子是看着父母的背影长大的，只要父母履行了自己的职责，剩下的只需顺其自然发展。

在我看来，父母的职责是让孩子过上普通的生活：早上在规定的时间起床后，吃温热的早饭；放学后，先完成作业，再出去玩；在约好的时间回家后，和家里人一起吃饭，然后洗澡、睡觉。我以“先完成该做的事”为座右铭，所以我很看重孩子是不是先做完作业再玩。如果孩子从小就这么做，自然会养成“先做事，再玩”的习惯。而这个习惯一旦养成，孩子就能更轻松地活着。因此，我过去一直在想：建立起适合自己家的生活规律或许是父母能送给孩子的一个宝贵礼物。

如果你想让孩子拥有智慧，让孩子在家当小帮手是个很不错的方法。我女儿上小学二年级的时候，曾被学校的老师要求“在家帮父母做点家务”，从那以后，早晚洗碗成了孩子们的每日功课。每天都是吃完早饭后，儿子洗碗，女儿擦干；吃完晚饭后，女儿洗碗，儿子擦干。现在回想起来，两个人一起站在厨房忙活的样子，真是一段幸福的时光。虽然起初他们洗得并不干净，我曾多次想重新洗，但我还是忍住了。我知道，我绝对不可以重新洗。我能做的就是，让水槽中除了待洗的餐具外，没有别的东西，以便孩子们洗起来更轻松。多亏他们愿意帮我洗碗，我也养成了在吃饭前收拾好厨房的习惯。

不过，让孩子们洗碗，而我自己坐着休息，是不行的。通常，我一坐下休息，孩子们就会不想去洗碗。当孩子不想去洗碗时，我不在嘴上催促他们，而是以让自己做别的家务的方式催促孩子们快去洗碗。孩子们一直帮我洗到小学毕业。上初中后，因为他们早上需要早起，所以就不再帮我洗碗了。

我家有一个上小学五年级的孙女、一个上小学四年级的孙子和一个上小学二年级的孙女。他们都已养成先做完作业再出去玩的习惯，而且，傍晚的钟声一响，他们就会回家。

孩子一进入青春期，各个方面或许都会发生不如人意的事。儿子长大成人后，我曾问儿子“当处于青春期的你被我责备时，有什么想法”，儿子的回答是“没听你具体说什么，像听音乐一样，一听而过”。

但是，这种状态也是暂时的。我逐渐意识到：“如果家里飘荡着‘好闻的香味’，他们自然会成长为好孩子。”做饭时从厨房飘溢出来的饭菜香味以及刚晒过太阳的被子所散发出的阳光的味道，都能让人觉得幸福。人们常说“在孩子的青春期，父母能做的就是准备一日三餐”，我觉得这说得不无道理。我深知担心也无济于事，所以当孩子处于青春期时，我总是努力让孩子们体会各种幸福的感觉。

现在，我的两个孩子都已结婚生子。自从和他们同住在一起后，我便开启了和小孙子、小孙女一起生活的模式。虽然身为他们的奶奶、姥姥，我已把各种方针的制定都全权交给他们的父母，但我依然像要求他们的父母一样要求他们“出去玩之前要先做好作业”“要帮我做家务”。上小学五年级的孙女经常在开饭前帮我布置餐桌，看到她总能结合当天的食谱将盘子和餐具漂亮地摆放在餐桌上，我经常发自肺腑地感叹：“真厉害啊！”

要说当下这个时代和我家孩子那个时代有什么不同，那就是：现在市面上有各种各样的点心。如果每次一看到他们吃点心就对他们说“不可以”，他们反而会更想吃。而且，从“会给他们带来压力”这一点考虑，这么做也不太妥当。我本人在吃上很讲究，但我不想做一个不知变通的人，因此我在家里实施了这个方法：到吃点心的时间，他们可以先从抽屉中选取一样自己想吃的点心，再把点心移到盘子上吃（我家有专门装点心的抽屉，周末外出采购回来，女儿或孙子、孙女就会把市售点心放入这些抽屉里）。“自己选取”“移到盘子上”是很关键的两个动作。因为自由选取可以让他们有满足感，而盘子上的点心一吃完，即意味点心时间宣告结束，所以他们不会吃得过多。这应该是一种可称之为 “既给了孩子自由，又把握好了分寸”的做法吧！这个方法能用到几岁，不得而知，但我一直坚信小时候养成的习惯一定会成为他们一生的财富。

我将位于客厅的茶具柜的两个抽屉用来装孙子、孙女们的点心。我家大多买的是方便一次吃完的小袋点心。他们可以从抽屉中自由选取。

# 让自己高兴是头等大事

四五十岁，或许是我们一生中最美好的时期。之所以这么说，是因为在这个已积累各种经验的年龄段，我们不仅对自己有了更多的了解，找到了适合自己的生活方式，也懂得了如何享受失而复得的个人自由时间。

孩子们离开我的怀抱，我开始将目光转向自己，也正好是这个时期。我发现，每次和朋友们一起出去玩儿，我都是兴高采烈地回家，因而回到家后也能温柔地对待家里人了。站在专职主妇或妈妈的立场，如果独自出去玩耍，很容易产生罪恶感。可是，我们觉得焦躁不安或对谁发火的时候，一般都是自己很忙或很累的时候。按理说，我们应该为了让家里人开心而做好家务，但如果心不甘情不愿地做，反而会做不好家务。过了四十岁我才逐渐意识到，以前做什么都把家里人放在首位是不对的，只有先让自己高兴，才能让别人高兴，让自己高兴是头等大事。

为了调整自己的情绪，我想让自己掌握容易实践的精神重振法、压力消除法。对于我而言，通过麻利而迅速地完成家务获取成就感，也是一种可以让我重振精神的方法。我需要做的是，尽量不要因一些原本“可以不介意的事”而积存压力。当心里有些郁闷时，我就出声对自己说：“啊，不要想不要想！之前就是因为胡思乱想这些才会生病的！”

我这么说，是因为多年前，我曾持续一星期高烧四十度。当时血压也上升了，高压飙升至近一百七十。奇怪的是，明明没有生大病，却一直高烧不退。给我看病的大夫说“这是压力导致的”，因而也没有给我开药。我认识到：如果身体会因压力过大而产生这样的反应，那么为一点儿小事而烦恼的我就真的损失大了。

仔细想想，我也没有什么值得一提的烦恼。我想，我越是忽视这一点，越是忘了感恩，就会越想着自己太累。

# 第五章 新型居住方式

# 同一屋檐下的三个家庭

这个秋天，将建龄五十余年的自家房子重建后，我们开始过三个家庭同住在一起的生活。我们夫妇住一楼，女儿一家住二楼，而儿子一家则住三楼。两人 + 四人 + 三人，这个房子总共住着九个人。

原本我们和女儿一家住在一起，儿子一家住在附近，所以现在的生活和之前相比，也没有太大的变化。尽管变化不大，但自从女儿一家也有他们专用的厨房后，不仅三家分开吃饭的时候比以前多了，我们夫妇也有了被邀请去二楼、三楼吃饭的机会。虽然玄关分别在不同的地方，但因为我们住在一楼，挂念我们的女儿、儿子总是先到一楼。孙子、孙女们也都是在我家度过放学后的时光——他们不是在我家的客厅写作业，就是吃点心。

大家能在同一屋檐下生活，并时常相互扶持，我觉得是件值得感恩的事。但我也知道，我应拥有“我们是三家人”的意识。特别是育儿方面的事，我从不让自己过问。我既不会当着他们父母的面对他们发火，也不会代替他们的父母参加家长会等之类的学校活动——因为这些都属于父母的职责范围。毫无疑问，无论我多么疼爱他们，在他们眼里，都是妈妈和爸爸最好。虽然有时我也会吃醋，心想“果然还是和妈妈最亲啊”，但我也知道，如果孩子不是和父母最亲，大人反而会更苦恼。

有一点是我最应该铭记于心的：我们夫妇能享受三代人同住在一起的幸福生活，离不开我的儿媳妇和女婿的支持与合作。我从心里感谢我的儿媳妇和女婿。

这是最年长的孙子刚会摇摇晃晃地走路时，我为他亲手制作的背包。背包很小，如今他们已用不上，我期待它在我的曾孙出生后还能派上用场。

一楼我家的房间配置是 2LDK（两个卧室 + 厨房 + 客厅 + 卫生间）+ 储藏室。我们夫妇各拥有一个房间。在建筑师的建议下，我们在这两个房间的中间设了一扇门，以便我们来去方便。

这是我住了八年之久的房间。为了让房间看起来更温馨，我用从田间摘取的野花装点房间。我家的衣服都收在夫妇共用的储藏室里。

## 物品收纳很轻松

在重建房子期间，我们搬过两次家。虽然住了多年的老房子和租住的公寓、新建的房子，其房间布局情况各不相同，但知道物品使用方式的我，没怎么为物品的收纳问题烦恼过。我在给物品指定摆放场所时，通常会考虑“每次用完后自己能否轻松地物归原位”这个问题。我一般将物品按类别放在方便拿取的地方——通常是物品使用场所的附近。

摆放物品是一项像猜字谜一样需要我根据现有的条件组合、排列的有趣工作。在新家，我请建筑师在设计房间布局时先提前想好碗柜等大家具的摆放位置。虽然我改小了沙发、餐桌等家具的尺寸，但到现在为止，我只新买了一样家具——床。当我身处我熟悉的家具、生活用具的包围中时，即使家的布局已发生改变，在物品的使用上，我也不会产生很大的困惑。

因为我们容易为佛龛和大碗柜摆在哪儿而烦恼，所以我特意在客厅的角落腾出一处地方摆放它们。我将多层木盒和漆制品放在了如图所示的碗柜中。

## 规定物品的摆放位置

对物品进行分类，并对自己的使用方式进行一番分析后，规定物品的摆放位置，将常用的物品，放在容易拿取的地方。

每天都需要使用多次的盘子、杯子等物品，被我放在固定于厨房水槽背面的收纳柜中。我将孙子、孙女们经常使用的杯子统一放在容易拿取的架子上。

因为我想在出门前快速拿出手帕、围巾等物品，所以我将它们固定放在位于玄关处的多屉柜中。为了方便自己选取，我将它们整齐地摆放在抽屉中。

# 整理碗柜整理生活

人们都说，当你想重新制定收纳方案时，可以先从玄关、盥洗室等空间有限的地方开始着手。因为碗柜的用途很明确，而且如果胡乱放，整个碗柜就装不了多少器皿，所以碗柜可以说是最适合我们先着手收拾的地方。盘子、碗、小盆器皿有各种各样的形状，如果不给它们按类别摆放，每次要用什么，可能都需要东找西找。而且，如果在摆放时不留出一定的空间，就很难拿出要用的器皿。这个道理想必大家都明白。

在我家，我将三十年前买的多屉柜作为摆放餐具的主柜使用。为了不让它在搬入新家后给新家带来压迫感，我对原本两层结构的碗柜做了处理，让这两层并排摆放。考虑到空间有限，还有很多器皿没有放入这个碗柜中，我趁搬家的机会，将器皿减少了三成。喜好决定行为，每次我一看到中意的器皿就会买下，所以家里有很多外观相似的器皿。我曾在深刻反省后，发誓从今以后再买什么一定要看看碗柜是否还有多余的空间。

CLOSE

OPEN

从我们的方向看，厨房的入口位于碗柜的右边，所以我将饭碗以及平时经常使用的盘子放在如图所示的位置。最左侧是我收纳大盘子的地方。这些大盘子也是我每天必用的器皿，我按尺寸大小将它们分类摆放。

我将平常经常使用的盘子等器皿统一放在靠近厨房的地方。位于左上方的冲绳陶瓷碗，我很喜欢，因为它们不仅适合用来盛汤，还适合用来装米饭。用得比较少的器皿，我都放在后面。

不是成套的器皿，我把形状相近的摞在一起。如果随便摆放，就放不下，所以我以如图所示的方式摆放器皿。这么放也是为了在拿取时不发生碰撞，以及摞在一起时不会出现摇晃等情况。

每餐都要使用的饭碗、汤碗，我放在靠近厨房的左侧抽屉中。为了放稳它们，我将它们以口朝下的方式摆放，并在底部铺了一块布。

将长条盘放在有一定深度的抽屉中，是个不错的选择。为了让自己从上往下看，清楚地知道里面放了什么盘子，我以如图所示的方式摆盘子。

刀叉类餐具，我放在小抽屉中。如果抽屉里面留有空间，在开闭抽屉时，刀叉就会挪动位置。所以，我一直用瓦楞纸板填充多余空间。

我将酒杯、筷架、茶托等小物品收在位于厨房台面下方的小多屉柜里。为了防止它们在我开闭抽屉时四处挪动位置，我将它们统一放在篮筐中。

用抽屉收纳物品时，将同一种类的物品放入一个抽屉中，可以让自己一目了然。这个抽屉我放的都是小碟。这类小器皿，很多时候我都是成套购买。

# 通往幸福的入口

虽然我属于生平第一次盖房子，但我本人对怎么盖并没有特殊的要求。厨房等设备也是我根据女儿、儿子所选的东西决定用什么样的。什么都买同一厂家的能降低费用，而且过去我一直能在孩子为我创造的厨房环境中顺畅地开展工作，所以我觉得有什么用什么即可。

我唯一的愿望是，安一扇以原木为原材料的大门。以前我经常去逛一家位于家附近的工作室，这家工作室主要用国产木材制作家具，我一直想，如果能拜托他们为我做一扇门，就太好了。建筑师一看这么做会超过预算，就马上驳回了我的请求。于是，家人想方设法帮我和建筑师谈判。当知道我的愿望马上要实现时，我真的很开心。考虑到这扇门要安在向阳处，工作室的师傅努力把手工活儿做到完美。就这样，以枹树为原材料、涂着油漆的格子门成了我家的脸面。

用榉木制作而成的门把手的外形和我们握着东西时的手形十分吻合。我很喜欢这个摸起来很舒服、拥有漂亮木纹的门把手。

# 后记

在写这本书时，我曾多次回顾自己迄今为止的生活。

虽然在我漫长的人生中，既有好事发生，也发生过不太好的事，但既有高峰又有低谷，才是人生的常态。

像我这样过着平凡而普通的生活的人，遇到的都是小山坡、小洼地。

年轻时，我也曾与人比较，羡慕处境优于我的人，后来发现，持有这种负面心理，只会让自己身心疲惫。在试着让自己稍稍转移视线后，我意识到，无论是我自己还是我家，都很好。于是，我尽量让自己寻找自身具备的优点。在这么做之后，我的心情变得越来越好。让自己觉得满足，果然能取得极好的效果。

虽然每天都在反复做相同的事，但最近我觉得，今天还能做与昨天相同的事，或许也是一种幸福。我能这么想，或许是年岁增长的功劳。

其实，在各位读者面前，我是有些不好意思的，毕竟在书中我写了很多平时从不说出口的经历。

真心感谢各位读者坚持读到最后一页。

**图书在版编目（CIP）数据**

生活良方 ：让日子变美的 32 个提案 / （日）坂井顺子著 ；周志燕译 .— 北京 ：北京时代华文书局，2019.7（2025.11 重印）

（原点 · 家事生活美学系列 / 陈丽杰主编）

ISBN 978-7-5699-3074-0

Ⅰ . ①生… Ⅱ . ①坂… ②周… Ⅲ . ①生活—知识 Ⅳ . ① TS976.3

中国版本图书馆 CIP 数据核字（2019）第 109205 号

北京市版权局著作权合同登记号 图字：01-2025-3929



# 生活良方：让日子变美的 32 个提案

SHENGHUO LIANGFANG：RANG RIZI BIANMEI DE 32 GE TI'AN

著　　者 | （日）坂井顺子
译　　者 | 周志燕

出 版 人 | 陈　涛
图书监制 | 陈丽杰工作室
选题策划 | 陈丽杰　仇云卉
责任编辑 | 陈丽杰
执行编辑 | 仇云卉
责任校对 | 陈冬梅
装帧设计 | 孙丽莉
封面摄影 | 凉　笑
责任印制 | 刘　银　范玉洁

出版发行 | 北京时代华文书局 http://www.bjsdsj.com.cn
北京市东城区安定门外大街 138 号皇城国际大厦 A 座 8 楼
邮编：100011　电话：010 - 64267955　64267677
印　　刷 | 三河市嘉科万达彩色印刷有限公司　0316-3156777
（如发现印装质量问题，请与印刷厂联系调换）
开　　本 | 880mm×1230mm　1/32　印　　张 | 5.25　字　　数 | 77 千字
版　　次 | 2019 年 10 月第 1 版　印　　次 | 2025 年 11 月第 14 次印刷
书　　号 | ISBN 978-7-5699-3074-0
定　　价 | 49.00 元

# 生活良方

让日子变美的32个提案